Lucie Wan
en danger

Agnès
Grimaud

Illustrations : STÉPHANE JORISCH

Dominique et compagnie

LES HÉROS

Lucie Wan Tremblay
Moi, en quelques mots :
j'adore ma famille,
mes amis et ma chatte
Féline. J'aime m'amuser
avec ma superballe et…
j'attire l'aventure comme
un aimant !

Clara
Depuis ma première
enquête sur des vols
en série à l'école,
Clara est devenue
ma meilleure amie.
Ce que j'apprécie le plus
chez elle ? Son imagination
sans limites !

Benoît
Ah ! Le beau Benoît !
Il m'est tombé dans l'œil
(et dans le cœur) alors
que nous découvrions
par hasard un drôle
de trafic dans une maison
abandonnée…

Bungee
Acrobate, cascadeur
ou casse-cou ?
Une chose est sûre,
cet écureuil est le meilleur
sauteur du Vermont…
toutes catégories
confondues !

Maggie
Maggie appartient
à la fière race
des labradors blonds.
Cette chienne
affectueuse et
très courageuse
m'accompagne
dans cette nouvelle
aventure.

PROLOGUE

Je suis née pour l'aventure
et je suis née aussi en Chine.
Je m'appelle Lucie, avec deux
noms de famille : Wan, mon nom
chinois, et Tremblay, celui de
mes parents adoptifs. Au Québec,
même s'il existe une foule
de Tremblay, je suis l'unique
Lucie Wan Tremblay. Et, en
cette fin d'octobre, l'inimitable

Lucie Wan Tremblay du Québec

se trouve… aux États-Unis !

Heureusement, je n'y suis pas

seule ! Ma meilleure amie Clara

m'accompagne ainsi que Benoît…

mon amoureux (chut !). Sans oublier

les autres élèves de ma classe.

Nous sommes venus ici pour

améliorer notre anglais. Notre

séjour durera deux semaines.

CHAPITRE 1

En terrain inconnu

Hier, j'étais assise entre Clara et Benoît dans l'autobus qui nous a menés du Québec aux États-Unis.

— Génial ! On va passer l'Halloween dans le Vermont ! s'est réjouie Clara.

— Et le faire dans une langue étrangère ajoutera au mystère. Hé, hé, hé ! ai-je répondu en prenant une voix de sorcière. Approchez de ma marmite, petits enfants du Québec…

— Lucie ! a protesté Clara. As-tu déjà oublié ma dernière révélation à propos des fées ?

J'ai froncé les sourcils.
Mon amie, qui
se passionne
pour la magie,
m'a parlé
récemment de

dragons écossais, d'elfes
venus du Nord et
de poussière d'étoiles…
Son imagination ne connaît
pas de frontières !
Qu'a-t-elle fait de spécial

l'été dernier? Elle a passé

ses vacances au Vermont,

l'État américain où nous

allons séjourner. Puis,

au cours d'une excursion en

forêt, elle est tombée sur…

— Des abris de fées

des bois! Tu as découvert

que les randonneurs leur

fabriquent des cabanes.

— Ah oui! Il faut utiliser

seulement des pierres,

de l'écorce ou des branches
ramassées par terre.
Pas question d'abîmer
un arbre pour leur donner
un toit, a précisé Benoît
en se souvenant du récit
enthousiaste de Clara lors
de la rentrée des classes.

— Donc, tant que
ces forêts seront remplies
de fées, aucune sorcière
ne nous mettra le grappin

dessus, a conclu Clara
d'un air satisfait.

∗ ∗ ∗

— *Loucy!* m'appelle-t-on
en ce moment. *Loucy!*
Pick up the phone, please.
It's your mother. (Lucie!
Lucie! Prends le téléphone,
s'il te plaît. C'est ta mère.)

J'attrape le combiné
que madame Clark me
tend en souriant.

— Coucou, ma puce ! Comment s'est déroulé ton premier jour de classe ? me demande une voix connue.

— Tu devrais voir leur cour d'école, maman…

— Hé bien ! Décris-la-moi.

— Des arbres majestueux, de l'herbe, une multitude de pommes de pin et un module de jeu géant ! Avec Clara, on a même

aperçu un grand pic qui
tambourinait sur un érable.

Je continue de bavarder
avec ma mère à propos
de cette école d'une petite
ville du Vermont.

Mes amis et moi sommes
hébergés par les familles
des élèves américains
qui se sont rendus
à Montréal pour suivre
des cours en français

avec notre enseignante.

Bref, nous avons effectué

un échange de bancs

d'école et de lits ! D'ailleurs,

Jennifer Clark, la jeune fille

qui loge dans ma vraie

maison, aimerait parler

à sa mère. Elle a sûrement

plein de choses à raconter

elle aussi. Au moment

de céder le téléphone

à madame Clark, je lui

annonce avec mon plus bel
accent :

— *Your daughter wants
to talk wizzz you.* (Votre fille
voudrait vous parler.)

***

L'état du Vermont
se nomme ainsi, car il est
couvert de montagnes
vertes. Il y a des feuillus
et des conifères à perte
de vue. Les Clark habitent
en pleine forêt dans
une maison remplie
de photos de famille.
Sur plusieurs d'entre elles,
on voit Jennifer.

Elle ressemble beaucoup
à son grand frère Tom, qui
a 15 ans. Ils ont gagné tous
les deux des compétitions
de ski. Jennifer est très
douée, mais elle ne s'en
vante pas si j'en juge par

le trophée qui lui sert
de porte-crayons sur
son bureau et l'autre
dans lequel s'entassent
des… bonbons.

Un chemin ombragé relie
la résidence des Clark
à une voie secondaire.
Chaque matin, je me rends
à ce croisement pour
prendre l'autobus scolaire.
Direction : l'école du village.

L'imposant véhicule jaune
me dépose au même
endroit en fin d'après-midi.

J'aime voyager en bus
sur cette route qui monte,
descend et serpente.
À Montréal, je vais à l'école
à pied. Souvent, ma chatte
Féline trottine à mes côtés
jusqu'au coin de notre rue.
Ici aussi je peux compter
sur une fidèle compagne,

qui surveille mes départs
et mes arrivées. Il s'agit
de Maggie, le labrador
blond des Clark. Elle veille
sur moi comme si j'étais
un chiot à deux pattes.

Le soir, Maggie saute
sur mon lit. Tom m'a confié
qu'elle dort toujours avec
Jennifer. La présence de
la chienne me réconforte !
Je l'avoue, ça me fait

bizarre de coucher à
200 kilomètres de chez moi.
Même si je suis très
courageuse, les bruits de la
nuit sonnent différemment,
ici, en pleine forêt.

CHAPITRE 2

Une vraie bête sauvage

Aujourd'hui, changement de programme : au retour de l'école, la belle Maggie ne m'attendra pas à l'arrêt de l'autobus, la queue frétillant de joie, puisque

sa maîtresse ne sera pas là
pour lui ouvrir la porte.

En effet, cet après-midi,
madame Clark a un rendez-
vous chez le dentiste.

— *Please, Loucy, call me
when you'll get back home !*
(S'il te plaît, Lucie,
appelle-moi quand tu seras
de retour à la maison !)
me prie-t-elle gentiment
en me remettant une clé

ainsi que son numéro

de cellulaire.

— *Of course, Mrs Clark!*
(Bien sûr!)

Je la comprends. Ma mère
aussi aime savoir que je suis
rentrée saine et sauve chez
moi.

* * *

16 h 15. Une fois hors
de l'autobus, je regarde
mes amis restés à l'intérieur.

Clara m'envoie un bisou de la main et Benoît trace un petit cœur sur la vitre avec son index. Qu'ils sont gentils! Mon propre cœur tourne comme une toupie tandis que je les salue.

Le chemin menant chez les Clark est bordé, de part et d'autre, d'arbres dont les plus hautes branches, dégarnies et tordues, finissent par se croiser à la manière de doigts crochus. J'avance d'un pas décidé à travers les ombres qui zèbrent le sol, faisant rouler les cailloux sous mes pieds.

Tout va bien jusqu'à ce que j'entende un bruit non identifié. Un tchic-tchic-tchic strident qui se transforme en tcheur-tcheur-tcheur furieux !

De quelle bête sauvage s'agit-il? Je n'en ai pas la moindre idée… Effrayée, je sprinte comme si je courais l'épreuve du 100 mètres aux Jeux olympiques.

J'arrive chez les Clark en un temps record.

Zut! Ma main tremble trop. Je ne parviens pas à introduire la clé dans la serrure. Le cri retentit de nouveau, encore plus fort. Beaucoup plus près ! Il semble tomber du ciel. Affolée, je lève les yeux dans sa direction et je pouffe aussitôt de rire en reconnaissant un écureuil ! Pas n'importe lequel…

Selon Tom, il est semi-apprivoisé et très joueur. Jennifer l'a appelé *Bungee*, car il plonge toujours

d'un arbre à l'autre comme
s'il pratiquait le saut à
l'élastique. Sauf qu'à la place
d'une corde pour le retenir,
il possède une queue
qui lui sert de gouvernail.
Dans l'immédiat, Bungee
se cramponne
au tronc d'un pin.
Sa fureur vise
un autre écureuil, qui a osé
pénétrer sur son territoire.

J'ignorais qu'une si petite boule de poils pouvait causer autant de vacarme.

Je déverrouille la porte d'entrée et dépose mon sac à dos dans le vestibule. J'ouvre ensuite la seconde porte, celle derrière laquelle Maggie s'impatiente. Elle m'adresse une série de jappements enjoués avant de filer dehors.

Zut de zut !

J'ai oublié Bungee, qui

s'agite encore dans son pin.

— Maggie ! Reviens !

Trop tard… La chienne,

qui adore la chasse

à l'écureuil, est déjà sur

sa lancée.

CHAPITRE 3

Course-poursuite

Maggie sur les traces
de Bungee, moi sur celles
de Maggie : nous voilà
tous les trois fonçant à
travers bois. Un écureuil
et un labrador engagés
dans une poursuite, ça se

déplace drôlement vite…

Moi, je n'ai que deux pattes

pour courir ! Je m'arrête

pour reprendre mon souffle.

Si bien que je perds Maggie

de vue.

— Maggie ! Reviens !

Oups ! J'oubliais !

Cette chienne ne

comprend que l'anglais.

Alors, je hurle :

— *Maggie ! Come here !*

Aucun jappement
ne répond à mes appels.
Même s'il n'y a personne
pour m'entendre, je lance
à voix haute :

— Tant pis pour toi,
ma belle ! Je retourne
chez tes maîtres. Tu finiras
bien par revenir !

Vouloir rentrer est
une excellente idée. Mais
comment m'y prendre ?

En tournant sur moi-même,

je m'aperçois que je suis

entourée d'arbres

et de buissons épais.

J'avance de quelques pas

à la recherche d'un sentier.

Or, je ne réussis qu'à déchirer mon pantalon…
Je suis aussi désorientée que le Petit Poucet quand les oiseaux avaient picoré toutes les miettes qu'il avait laissées derrière lui pour marquer son chemin.

— Te voici au beau milieu d'une forêt inconnue, Lucie Wan… Sans un seul point de repère, dis-je d'une voix

beaucoup moins ferme
que lorsque je m'adressais
à une Maggie invisible.

Les forêts ne ressemblent
guère aux villes. Le terrain
n'est pas aménagé.
Il n'existe pas de plaques
signalant le nom
des sentiers ni de
brigadiers scolaires qui
protègent les enfants.

Le plus sage est d'essayer
de revenir sur mes pas
en espérant que je ne
me sois pas trop éloignée
de la maison. Ce dont
je doute fort puisque
j'ai couru un bon moment.
Je sue sous mon épais
chandail à capuchon.
Au moins, je ne risque pas
d'avoir froid à condition,

bien sûr, que je retrouve

ma route avant la nuit.

Ah ! Si seulement Maggie

pouvait réapparaître…

Un événement
terrifiant

Cela fait vingt minutes
que j'essaie de retrouver
mon chemin. Pas facile
de savoir si je suis déjà
passée par là. En effet,

tous les troncs d'arbres

finissent par se ressembler,
comme des allumettes
au fond de leur boîte…
Dommage que ma montre
ne possède pas un système
de navigation GPS !
L'inquiétude me gagne
de plus en plus.

   Je me laisse tomber sur
une large roche. Avec cette
histoire de course-poursuite
après Bungee et Maggie,

je n'ai pas eu le temps
d'aller dans la cuisine
chercher un des savoureux
muffins préparés par
madame Clark. J'en salive
de gourmandise! Je fouille
dans la poche ventrale de
mon chandail et j'en sors :

✳ ma superballe
géante mauve avec
un bonhomme sourire
dessus,

* deux bonbons durs,

* une barrette,

* une petite bombe

aérosol contenant

du chasse-moustiques.

Voilà pour l'inventaire

de ma trousse de survie.

Un gros 2/10! Deux pour

les bonbons, évidemment.

Lequel croquer en premier?

À la lime ou à la fraise?

J'opte pour ma saveur

préférée et déballe
le rouge.

17 h 11. À cette heure,
monsieur Clark a déjà garé
son auto devant la maison.
Quant à sa femme, elle est
sûrement revenue de chez
le dentiste. Je m'imagine
leur réaction à leur arrivée.

J'ai laissé plusieurs indices
derrière moi : la clé restée
dans la serrure, mon sac

abandonné au milieu du vestibule, les portes grandes ouvertes. Pire, je n'ai pas joint madame Clark sur son cellulaire comme convenu. Il n'en faut pas plus aux Clark pour comprendre qu'un événement grave est survenu. Sans tarder, ils se précipitent sur le téléphone pour alerter la police. Ils organisent des recherches.

Tom va bientôt ratisser
les bois avec des copains
appelés en renfort.

Ces pensées me
réconfortent. Et d'un coup !
Bingo ! J'ai une idée…

Bondissant sur mes jambes, je m'encourage :

— Cap sur le ruisseau, Lucie Wan !

Je me mets en route en me concentrant sur ce but. Pourquoi ? Parce qu'un ruisseau traverse le terrain des Clark. Il y forme même une jolie cascade, ce qui indique que l'eau coule en aval, vers le bas. Or, j'ai

emprunté cette direction
au moment de ma course-
poursuite. Je pense donc
que si je repère ce ruisseau
et que je remonte
le courant, il me conduira
à mon point de départ.

✳ ✳ ✳

Trente minutes plus tard…
J'ai beau avancer telle
une aventurière explorant
une nouvelle contrée,

toujours pas de cours d'eau en vue. Quelle malchance ! Mes espoirs de tomber sur le ruisseau s'éteignent au fur à mesure que les bois s'assombrissent. Soudain, j'aperçois quelque chose qui se dessine au loin… Grâce à mon regard d'aigle, je distingue la silhouette d'un chalet aux volets clos. Là-bas,

je trouverai nécessairement

un chemin conduisant

à une route plus fréquentée.

Je suis sauvée ! Je me

précipite vers ce refuge.

Alors que je me suis nettement rapprochée, je remarque un *pick-up* garé devant la maisonnette.

J'entends des éclats de voix d'hommes. Ils sont deux. Je me cache derrière une touffe de fougères fanées afin de les observer. Le premier est un chasseur puisqu'il tient une carabine et porte une veste de camouflage. Le second, lui, semble déjà prêt à passer l'Halloween : il est vêtu d'une combinaison orange drôlement voyante. On dirait une citrouille !

Les deux individus hurlent à présent. Ils s'empoignent, roulent par terre. L'homme-citrouille a d'énormes mains de boxeur. Il frappe

le chasseur sans pitié
et s'empare de son fusil.

Une fois debout, il lui
plante le canon en pleine
poitrine. Je me recroqueville
sous mes frêles fougères.
Je me mords le poing
pour ne pas crier. J'entends
un coup de feu. Bang!

Ce bruit fort, bref et sec
me vrille les oreilles
et le cœur. J'ai horriblement

peur. Dès que possible,

je m'enfuirai en catimini

dans la direction opposée.

Pour l'instant, je dois

demeurer invisible

et muette. Sauf que…

— Ouaf ! Rouaf, rrrouaf !

Maggie ?! La chienne
me saute dessus, ravie
de m'avoir retrouvée.

— *Damn it !* (Merde !) jure
l'assassin en s'apercevant
de notre présence.

Il pointe aussitôt son fusil
vers nous.

CHAPITRE 5

La traque

Bang! Le meurtrier me tire dessus! Pourquoi s'embarrasser d'un témoin gênant quand il est si simple de s'en débarrasser? Je détale aussi vite qu'un lièvre qui sent sa dernière heure venue.

Bang ! Bang ! Ne compte

surtout pas les coups

de feu, Lucie Wan !

Zigzague entre les arbres

pour éviter les balles !

   Maggie et moi galopons.

Les feuilles mortes

se soulèvent sous nos pas.

   Les tirs cessent,

mais je ne me retourne pas.

Je ne ralentis pas. Je suis

convaincue qu'Horrible
Citrouille va poursuivre
sa traque…

Je cours avec tant
d'énergie que mon sang
voudrait sortir de mes veines
comme la boisson gazeuse
jaillit d'une canette
qu'on a trop secouée.

Je fuis, le corps tendu
en avant. Aussi le choc
est terrible lorsque

mon assaillant parvient
à agripper le capuchon
de mon chandail. Il me tire
violemment par en arrière.
J'en meurs presque
étranglée. Le fou furieux
me fait pivoter sur
moi-même. On se retrouve
face à face. Je constate
qu'il n'a plus sa carabine…
Ah non! Quelle horreur!

Il brandit un couteau de chasse au bout de son bras et me dévisage avec un air féroce pire que celui des masques de zombies vendus un peu partout à l'Halloween.

Moi, plus aucune lumière ne scintille dans mes grands yeux noirs. Mes larmes sont en train de tout voiler. Je vais mourir ici. Seule. Dans un lieu étranger.

Pourtant, la lame ne
m'atteint pas et ce n'est pas
moi qui me mets à hurler.

✳ ✳ ✳

Maggie a bondi, la gueule
ouverte, sur le bras tendu
de l'homme, puis elle
a refermé sa puissante

mâchoire autour de
son poignet. Elle ne lâche
prise qu'au moment
où le redoutable
couteau tombe par terre.
Les quelques minutes où
mon agresseur est paralysé,
autant par la douleur que
par la stupeur, me suffisent
à saisir le poignard, à le
glisser dans ma large poche
ventrale et à déguerpir.

— *Come, Maggie, come !*
(Viens, Maggie, viens !)

Fiou ! La chienne m'obéit. C'est à mon tour de la protéger. Je suis convaincue que même s'il n'a plus de carabine ni de couteau, notre poursuivant pourrait tuer Maggie à coups de pied, de pierre ou de bâton.

CHAPITRE 6

Un super plan

J'ai couru tant que j'ai pu!

Le paysage s'est modifié.

À ma droite, s'élèvent

maintenant des rochers.

À ma gauche, il y a

une forte dénivellation

qui forme un petit ravin.

Par malheur, en face

de moi, le spectacle n'a pas

changé : Horrible Citrouille

m'a rattrapée.

Il grimace toujours aussi

monstrueusement.

J'en connais un qui n'aura

pas besoin de masque

pour passer l'Halloween.

Maggie s'interpose

entre lui et moi. Elle aboie

avec férocité. Sans se laisser

intimider, l'homme ramasse
une grosse branche.

— Maggie !

Elle ne m'écoute pas
et jappe de plus belle.

— *MAGGIE, STOP IT !*
(MAGGIE, ARRÊTE !)

Rien n'y fait.

Elle ne m'obéit pas et reçoit
un premier coup de bâton,
qui la fait hurler de douleur.
Je réfléchis à la vitesse

de l'éclair à ce que j'ai sous
la main pour détourner
l'attention de la chienne.
Bien sûr ! Je siffle fort avec
mes doigts comme Benoît
me l'a appris. Aussitôt que
les yeux de Maggie sont
braqués sur moi (et aussi
ceux du meurtrier, ébahi),
je libère mon trésor de
la poche de mon chandail.
Oh ! Le joli bonhomme

sourire géant en
caoutchouc… Je vous
présente ma superballe !
Je la lance le plus loin
possible en rugissant :

— GO, MAGGIE ! GO !

Son instinct la pousse irrésistiblement à suivre la trajectoire de la balle pour pouvoir me la rapporter. La voilà donc à l'abri du danger pour un moment.

— *You want to play, huh !* (Tu veux jouer, hein !) s'exclame l'ennemi, avec un rictus repoussant. *Well, I will play with you…* (Eh

bien, je vais jouer avec toi…)
ajoute-t-il méchamment.

Il s'avance, l'air menaçant.
Je recule à petits pas vers
le bord du ravin, terrifiée
même si j'ai un plan.
L'idée a germé, il y a
à peine quelques minutes,
alors que je songeais
à ce que j'avais sous
la main. J'élabore de super
plans depuis toujours.

Ils fonctionnent…
d'habitude.

— *Give me this knife !*
(Donne-moi ce couteau !)
m'ordonne ce détraqué.

Ce bloc de muscles ne
s'imagine pas un instant
que je puisse retourner
son arme contre lui.
Il a d'ailleurs bien raison.

— *Hurry up !* (Dépêche-
toi !) s'impatiente-t-il

tandis que j'enfonce le bras

dans ma poche.

Hop ! Je brandis

mon chasse-moustiques

et j'asperge les yeux

de mon assaillant avec

ce produit toxique.

Pschiiitt ! Pschiiitt !

Le monstre se protège

le haut du visage avec

son avant-bras. Pschiiitt !

Pschiiitt ! Je vise alors

ses narines, sa bouche.
L'arroseur arrosé crache par
terre. Il n'y voit plus rien et
chancelle. La sensation de
brûlure doit être abominable.

Je lâche ma petite bombe
aérosol afin d'accomplir
la dernière étape de
mon plan. Il faut mettre
cet être malfaisant hors
d'état de nuire : je le pousse
donc à la renverse de tout

mon poids dans le ravin.
Son grand corps déboule
la pente raide. Il heurte
violemment des pierres
et des racines avant
de s'immobiliser enfin.
Je l'entends gémir et jurer.
Il tient une de ses jambes
à deux mains comme
si elle allait lui échapper.
Avec une si vilaine blessure,
il ne se remettra pas

de sitôt sur pied. Remplie

d'un profond soulagement,

j'en conclus que la chasse

au témoin gênant

est terminée.

✳ ✳ ✳

Maggie est de retour,

la queue battant l'air

en signe de satisfaction.

Elle dépose ma superballe

géante à mes pieds.

Pendant que je la récupère,

ma complice aperçoit

Horrible Citrouille

en contrebas. Elle se raidit,

le poil hérissé, prête

à passer à l'attaque.

Je la retiens par son collier.

C'est à ce moment que

le dangereux inconnu

décide d'implorer mon aide.

Avec des trémolos dans

la voix, il me fait mille et

une promesses si je le sors

de là. Croit-il vraiment,
l'hypocrite, que je vais me
laisser prendre à son jeu ?
Moi aussi je peux mentir :

— Je ne parle pas
l'anglais, lui dis-je.

— Grrrrr ! ajoute Maggie,
les babines retroussées
sur ses crocs.

Adieu, l'ennemi !
La chienne et moi filons
sans nous retourner.

CHAPITRE 7

La nuit venue

Épuisée, je suis Maggie
aussi docilement que
si elle me promenait au
bout d'une laisse. Grâce à
son flair et à son intelligence,
la chienne nous mène droit
au ruisseau que je cherchais

au début de cette effrayante
aventure. Nous n'aurons
qu'à remonter
le courant de
la même façon
que les saumons
lorsqu'ils reviennent au lieu
où ils sont nés.

Ainsi, nous serons bientôt
de retour chez les Clark.
Toutefois, cette fin
heureuse devra attendre…

En effet, la nuit est tombée
sur la forêt. Elle y a étendu
un gigantesque filet qui
contient quelques étoiles
de ciel attrapées entre
ses mailles. Mais cela
ne suffit pas à éclairer
ces lieux obscurs. Même
si je distingue encore
le contour des choses en
plissant mes yeux de lynx,
il serait vraiment imprudent

de reprendre la route.
Je me résigne donc
à dormir en plein air. Je
m'agenouille pour enlacer
Maggie et je lui chuchote :

— *Are you all right if
we sleep here ?* (Ça te va
si on dort ici ?)

— Ouaf ! approuve-t-elle
en agitant la queue.

Je me suis désaltérée plus
tôt, en imitant Maggie :

l'eau du ruisseau était bonne et fraîche.

Maintenant que je n'ai plus soif, je me rends compte combien mon estomac gargouille. Hmm…

Mon bonbon à la lime me servira de repas. Je le suce longtemps en réfléchissant au meilleur moyen d'établir mon campement.

✳ ✳ ✳

Je me fabrique un nid

à terre sous l'œil attentif de

Maggie. En voilà au moins

une qui se réjouit à l'idée

de passer la nuit dehors…

Le couteau d'Horrible

Citrouille me sert à couper

des brassées de fougères,

que j'étends ensuite

au pied d'un pin.

Cette paillasse m'isolera

un peu du froid. Alors que

j'en ai terminé avec le poignard, je le plante dans le sol, à la tête de mon lit végétal. Au cas où je serais attaquée par un ours.

Cette idée m'épouvante.

Et les loups ? Existe-t-il des meutes de loups qui sillonnent le Vermont ?

La panique m'envahit… Ma gorge est aussi serrée que lorsque je tire de toutes

mes forces sur mes lacets
pour les attacher. Maggie
m'oblige à la caresser en
me donnant des coups de
tête, sans doute pour me
remonter le moral. Elle émet
deux brefs jappements
en signe d'encouragement.
Je sursaute tandis
qu'une chouette lui répond.
La chienne lance un « rouaf »
de soupir qui semble dire :

«Allons donc ce n'est qu'un oiseau!» Cela me rappelle grand-maman Diane:

— Les petites bêtes ne mangent pas les grosses, ma goélette, m'a-t-elle souvent répété pour m'aider à surmonter ma peur des abeilles.

Ressaisis-toi, Lucie! Dans cette forêt, les animaux sont presque tous plus

petits que toi : la chouette,
le coyote, le raton laveur,
la moufette et les rongeurs.
Peut-être devrais-je former
un cercle magique
pour invoquer les esprits
bienfaisants de ces bois ?
Clara, l'experte en magie,
agirait ainsi.

Je ramasse une branche
pointue avec laquelle
je trace une ligne sur le sol

autour de mon lit de fougères. Puis, je dessine des cœurs sur le cercle en me concentrant sur chacun d'eux : maman, papa et grand-maman. Mon cousin Léo, Clara et mon très cher Benoît. Il reste Féline, mon adorable chatte.

Ces sept cœurs veilleront sur moi. Sept, c'est un chiffre chanceux. Soudain, je sens

un tourbillon d'air chaud
qui m'enveloppe.

— N'es-tu pas en train
d'oublier quelqu'un?
demande le vent dans
un sifflement mélodieux.

Se pourrait-il qu'une
fée des bois m'offre sa
protection? Je m'empresse
de lui construire un abri
pour la nuit à elle aussi.

✳ ✳ ✳

À présent, je suis couchée dans mon nid de fougères, le capuchon de mon chandail rabattu sur ma tête. J'imagine la mine de Clara quand je lui raconterai que, moi, d'habitude si logique, j'ai recouru à la magie pour passer ma première nuit à la belle étoile. Je bâille, j'ai les paupières lourdes…

Grâce à Maggie,

qui s'est blottie contre moi,

je dispose d'une couverture

chauffante. En plongeant

les doigts dans sa fourrure,

je songe que ce fier

labrador a affronté Horrible

Citrouille pour me défendre.

Si jamais un ours ou

même un loup rôdent

par ici, ils n'ont qu'à bien

se tenir !

CHAPITRE 8

Fin
des recherches!

Ouf! Je me réveille
en un seul morceau,
sauf que j'ai mal partout
et le bout du nez gelé. Je
suis encerclée de lambeaux
de brume, qui s'étirent

comme des filaments de
barbe à papa grisonnante.

Miam… De la barbe
à papa. Cette pensée me
rappelle combien j'ai faim.
Ma montre indique 6 h 47.
Maggie me lèche le visage.
On va dire que ce sera
ma toilette du matin !

Je jette un œil à mon abri
de fée et la remercie
en silence d'avoir veillé

sur moi. S'il me restait
un bonbon, je le lui offrirais
volontiers ! Maggie et moi
allons boire au ruisseau.
Brrr ! Je céderai
ma collection de superballes
pour une tasse de chocolat
chaud. La chienne aboie
avec ardeur. Elle semble
attendre un ordre.

— *Go home, Maggie !*
(À la maison, Maggie !)

***

7 h 15. Nous longeons le cours d'eau. J'espère tenir le fil qui me conduira chez les Clark. Tout à coup, Maggie tend sa truffe, aux aguets. Elle part comme une flèche à travers bois. M'abandonne-t-elle ? A-t-elle flairé un danger ? Horrible Citrouille aurait-il récupéré l'usage de

sa jambe ? Ce cauchemar

cessera-t-il un jour ?

Je frissonne. Puis, j'entends

une voix chaleureuse

qui claironne :

— *Loucy ! Louuucy !*

C'est Tom !

Je m'époumone :

— *I'm here ! Nearzzze…*

zzze water ! (Je suis là !

Près de l'eau !)

Maggie est de retour à mes côtés. Elle pousse des jappements de joie. L'instant d'après, j'aperçois le fils des Clark. Un policier l'accompagne. Je m'élance vers eux.

— *I'm so glad to see you, Loucy!* (Je suis si content de te voir, Lucie !) s'écrie le jeune homme en me faisant tournoyer dans les airs.

— *Are you all right?*
(Tu vas bien?) s'inquiète
l'agent de police.

J'opine de la tête, une fois
déposée à terre. Tom ouvre
son sac à dos et en sort
un paquet de biscuits secs
ainsi qu'un thermos.

Je dévisse le bouchon de
la bouteille. Une délicieuse
odeur de chocolat chaud
s'en échappe! Pendant que

je savoure mes premières gorgées, le policier s'entretient par walkie-talkie avec un collègue :

— *We found the young girl. She's fine. I repeat… We found Loucy Wan.*

(On a trouvé la jeune fille. Elle va bien. Je répète… On a trouvé Lucie Wan.)

CHAPITRE 9

Un cercle magique bien réel

Devant la maison

des Clark, à ma grande

surprise, je reconnais

la voiture de mes parents !

Alertés de ma disparition,

papa et maman sont arrivés

au Vermont au cours de
la nuit. Ils font les cent pas
sur le perron. Je me
précipite vers eux. Ainsi
enlacés, nous formons
un puissant cercle magique.
Les Clark m'accueillent
à bras ouverts. Et Maggie
se précipite sur une fille
de mon âge que
je reconnais pour l'avoir
observée sur des photos…

— *Your dog saved my life !*
(Ta chienne m'a sauvé
la vie !) lui dis-je. *She's
a real heroine !* (Elle est
une vraie héroïne !)

— Merci, *Loucy* !
me répond Jennifer avec
un grand sourire.

Nous passons tous

au salon alors que Maggie,

après avoir été cajolée

par sa jeune maîtresse,

file dans la cuisine pour

dévorer sa moulée.

— On a eu si peur, Lucie,

me confie maman la voix

étranglée par l'émotion.

— Surtout qu'un

dangereux criminel s'est

évadé hier de la prison

du comté, ajoute papa, bouleversé.

— Un prisonnier… Pour de vrai ! À quoi ressemble-t-il ?

Mon père me tend le journal du jour. Un gros plan d'Horrible Citrouille fait la une du quotidien.

— Je le connais ! *I know him !* dis-je fébrile en pointant la photo du doigt.

L'agent, qui se trouve toujours parmi nous, veut évidemment en savoir plus.

Comme papa maîtrise mieux l'anglais que moi, il sert d'interprète tandis que je raconte qu'Horrible Citrouille a tué un homme sous mes yeux. Dès que j'ai terminé, le policier demande du renfort. La chasse au meurtrier commence ! Si Horrible Citrouille est encore pris au piège dans le ravin, ce sera un jeu d'enfant de le repérer et de l'attraper.

— Pourquoi appelles-tu cet homme « Horrible Citrouille » ? m'interroge maman.

— Parce qu'il était déjà costumé pour l'Halloween. Il portait une combinaison orange vif, qui lui donnait l'air d'une vraie courge !

Mes parents et Jennifer, qui m'apparaît plutôt bonne en français, éclatent de rire, ce qui détend l'atmosphère d'un coup.

— *Loucy,* m'explique Jennifer, aux États-Unis, cette tenue est l'uniforme des prisonniers !

Les autres membres
de la famille Clark, informés
à leur tour de ma méprise,
s'amusent eux aussi.

Tout est bien qui finit bien.
Tom me demande en quoi
je vais me déguiser
pour passer l'Halloween
dans trois jours. Je l'ignore.

Une chose est sûre
cependant : avec Maggie
à mes côtés, rien ne me

fera peur. Je me sens prête à affronter tous les zombies ensanglantés qui hantent ces montagnes vertes. Toutes les affreuses sorcières qui traversent ces cieux. Et, surtout, n'importe quel calibre de citrouille !

AGNÈS GRIMAUD

Pour une fois, ce n'est pas une enquête qu'Agnès Grimaud propose dans la série *Lucie Wan,* mais plutôt une course-poursuite à donner des sueurs froides aux lecteurs. L'auteure s'est sentie très inspirée par les forêts de la Nouvelle-Angleterre, une région où elle aime passer de courts séjours. Heureusement, ses balades dans les bois sont plus paisibles que celle de son intrépide héroïne !

✷ ✷ ✷

Déjà parus dans la même série :
Lucie Wan et le voleur collectionneur,
Lucie Wan et la maison des mystères,
Lucie Wan et l'énigme de l'autobus.

✷ ✷ ✷

Visite notre site Internet pour en savoir plus sur nos auteurs, nos illustrateurs et nos collections : **dominiqueetcompagnie.com**

**Catalogage avant publication
de Bibliothèque et Archives nationales
du Québec et Bibliothèque
et Archives Canada**

Grimaud, Agnès, 1969-

Lucie Wan en danger

(Collection Grand roman noir)
Pour enfants de 7 ans et plus.

ISBN 978-2-89686-685-4

I. Jorisch, Stéphane. II. Titre.

PS8613.R64L822 2013   jC843'.6
C2013-940564-X
PS9613.R64L822 2013

Dépôt légal : 3e trimestre 2013
Bibliothèque et
Archives nationales du Québec
Bibliothèque et Archives Canada

Direction de la collection
et direction artistique : Agnès Huguet
Graphisme : Nancy Jacques
Révision et correction : Danielle Patenaude

Dominique et compagnie
300, rue Arran
Saint-Lambert (Québec)
J4R 1K5 Canada
Téléphone : 514 875-0327
Télécopieur : 450 672-5448
Courriel :
dominiqueetcie@editionsheritage.com
Site Internet :
dominiqueetcompagnie.com

Imprimé au Canada

Nous reconnaissons l'aide financière du
gouvernement du Canada par l'entremise
du Fonds du livre du Canada et par le
Conseil des Arts du Canada.

Nous reconnaissons l'aide financière du
gouvernement du Québec par l'entremise
du Programme de crédit d'impôt – SODEC
– Programme d'aide à l'édition de livres.

Achevé d'imprimer en juillet 2013
sur les presses de Imprimerie Payette & Simms inc.
à Saint-Lambert (Québec)